KB217283

모락모락 차가운
윤찐빵의 생존일지

2023년 9월 22일 초판 1쇄 펴냄
2023년 11월 6일 초판 2쇄 펴냄

지은이 윤찐빵
기획 권도민

편집 권도민
디자인 김진운
본문조판 홍영사
마케팅 김현주

펴낸이 권현준
펴낸곳 ㈜사회평론아카데미
등록번호 2013-000247(2013년 8월 23일)
전화 02-326-1545
팩스 02-326-1626
주소 03993 서울특별시 마포구 월드컵북로6길 56
이메일 academy@sapyoung.com
홈페이지 www.sapyoung.com

ISBN 979-11-6707-126-2 (03810)

모락모락
차가운

윤찐빵의
생존일지

윤찐빵 지음

사회평론

내일이 막막한 당신에게

고등학생 때 항상
말하고 다니곤 했어요.

졸업하면 꼭…
학교 이야기 만화로
그릴 거야…

크윽

그래라

다섯 번도 넘게 말한 듯

라고….

하지만 계속 미루고,

고3 끝!

입시 끝!

대1

대학도
쉽지 않네
…

미루고,

대2

미루다가….

전공 우짜누
…

그러다 어느 날 갑자기 시작된 나의 일기.

과분할 정도로 많은 사랑을 받았습니다.

감사한 마음을 담아,
더 행복해지기 위해 분투했던 저의 여정을

그러면서 점점 어른이 되어 갔던
그때의 기억들을 한데 모았습니다.

저의 이야기가
부디 당신에게 의미 있는 조각이 되기를 바라며

특 특

이 책을 읽는 당신만의 새로운 생존일지를 위해.

윤찐빵 드림.

차례

내일이 막막한 당신에게 ·· 4

프롤로그 ·· 12

1부 💡 모락모락 뜨겁게 도전하기

고등학교 입시? 구랭! ·· 18

학원은 힘들어 ·· 28

살아남아라, 찐빵! ·· 41

찐빵소개서(+팁!) ·· 53

처음이었던 도전, 그리고 불합격 ·················· 65

다시 아프고 싶지는 않지만 ·················· 78

마침내, 마지막 관문 ·················· 89

어느 평범한 하루 ·················· 107

'해 보지 뭐!' 덕분에 알게 된 것들 ·················· 117

2부 차가운 현실에서 살아남기

입학을 축하합니다! ································ 124

동아리를 들어가야겠어요! ·················· 142

언제나 힘겨운 시험 ·························· 157

지옥의 팀 프로젝트(1) ······················ 173

지옥의 팀 프로젝트(2) ······················ 182

공부 바깥으로의 여행 ······················ 196

떠나는 자와 남는 자 ························ 205

나의 선생님들 ·· 216

아직도 여전한 진로 고민 ································· 226

아무튼 생존 중입니다 ···································· 235

보너스 툰 ··· 241

에필로그 ·· 247

이유 없는 악의, 노골적인 멸시

분명 내 잘못이 아닌데도,
나는 나 때문이라고 생각했다.

공부도 못했는데 수업 시간엔 졸았으니까

심지어 살도 찌고 여드름도 나면서
외모로도 놀릴 거리를 줬으니까

그래서 나는 나를

앗!!

안 돼, 안 돼!!

스포일러 주의!
이게 여기서 나오면 안 되지!

툭 순서 지켜야지

이 이야기는 찐빵이의
과학고 입학 과정과

이 이야기는 찐빵이의 과학고 입학 과정과
과학고에서의 생존기를 담고 있습니다.

인생이란 알 수 없는 것이야…

그렇다면 이 이야기는 어떻게 시작하는가….

모락모락
뜨겁게 도전하기

고등학교 입시? 구랭!

나에게는 연년생 언니가 있는데,
어렸을 때부터 범상치 않았다.

유전자
몰빵됐나

어떻게
쳤어?

들리던데

정말 여러모로

유치원 때 발견한
절대음감의 재능

??

구구단 배우는 중
(초4 때까지 못 뗌)

아빠가 가르쳐 주심

??

범상치 않았다.

초3 때 피타고라스의 정리 배우기

아무튼 그런 언니가
준비 기간이 짧았음에도 영재학교에 붙은 것이다!

인강 + 자습으로
올림피아드 과정 뗀 후
학원 10개월 다님

○○영재학교 합격

너네
언니 맞지?

응

개교 이래
처음이라는데

절친
T모 양

내려 주세요

와, 우리 딸
멋지다~

똑똑하다~

오~ 언니 멋져

휴, 이제야
내려왔군

영재란 특정 분야에서 평균보다
특출난 재능을 가진 사람을 말한다.

원주율을 500자리씩이나 외우고
...
소위
'영재'
'천재'

영재학교는 그런 영재, 천재들을 위한 학교로,
교과과정을 벗어나 자유로운 교육이 이뤄지는 곳이다.

그런 곳인데…

취미는
그림 그리기
노래 부르기

좋아하는 과목이요?

공부는
그럭저럭

책 읽는 것을
좋아한다

수학 빼고
전부…?

윤찐빵, 이 이야기의 주인공
동시에 이야기의 작가

입시를 위해 학원에 간 찐빵이

으… 좁다.

앞으로 매일
이 버스를 타야겠지.

학원 애들이랑 잘
맞았으면 좋겠다.

성적 경쟁이 치열하지 않던 중학교에서
좋은 성적만 받던 찐빵은 알 리가 없었다.

이 세상에는

… 어?

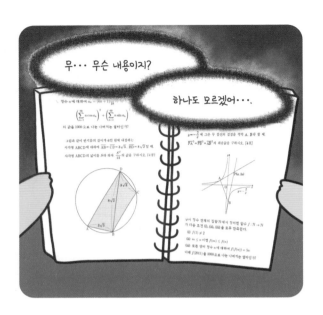

학원에는 고등학교 선행한 학생이 대부분이었고,
심지어 올림피아드까지 준비한 친구들도 많았다.

첫 번째 날

2주 뒤

오늘은··· 첫날이니까!
잘 모르는 게 당연해!

조.졌.다.

중학교 선행 정도만 겨우 한 찐빵이가
단기간에 따라잡는 건 꽤 어려운 일이 될 게 뻔했다.

과연··· 찐빵이는 여기서 잘 버텨서
무사히 영재학교에 합격할 수 있을까?

모르면
걍 외우렴.

난 일단 해냄

언니··· 대체 여기서
어떻게 버틴 거야···?

내가 정말 할 수
있을까···?

단독! 찐터뷰
찐빵이의 앙꼬를 보여 줘!

Q.
정말 결정을 아무 생각 없이 하신다고요?! 그런 결정으로 인해 골치 아픈 적은 없었나요?

A.
인생에서 중요한 결정들을 제가 되게 아무 생각 없이 하거든요. 인스타툰도, '심심한데 인스타툰이나 해볼까?' 하며 결정했죠. 그래서 '아무 생각 없이 했다'는 건 그런 걸 포괄하는 자조적인 표현이기도 해요.

대학도 마찬가지였어요. 합격한 곳이 있었는데, 추가 합격 전화가 온 거예요. 한 시간 안에 넣으면 추가 합격이 된다고요. 이미 합격한 곳이 조건은 더 좋았죠. 그런데 연락이 온 학교에는 디자인과가 있었거든요. '혹시 내가 나중에 디자인을 할 수도 있지 않을까?' 해서 그냥 바꿨어요.

일단 아무 생각 없이 결정하니까 그 뒷감당을 미래의 제가 해야한다는 단점이 있어요. 근데 일을 벌여 놓으면 뭐라도 바뀌니까 그건 좋은 거 같아요. 내가 이 행동을 하지 않았으면 아무것도 안 했겠지만, 일단 벌여 놓으니까 그걸 수습하기 위해서 계속 분주하게 무언가를 하잖아요. 이러다가 언제 한번 망하지 않을까 하는 두려움도 있지만, 일단 지금까지처럼 계속 살아가는 중입니다.

그때 엄마는…

학원은 힘들어

학원은 정말 힘들었다.
Q. 다음 중 찐빵이가 힘들었던 이유를 고르시오.

1. 잠을 못 자서   2. 진도를 못 따라가서   3. 내용을 못 알아들어서

정답: 1, 2, 3번 전부

아무리 공부해도 다음 수업 때
또 모르는 내용이 나오는 요지경

조화평균!!!
코시-
슈바르츠!!!

인잉

주말 보강!!!

악··· 아직 복습도
다 못했어용 ㅜㅠ

메넬라우스
방정식을
이용해야죠!!!

주의: 수업이 이렇게
진행되지는 않습니다

28

그즈음 나는 내 실력을 의심하고 있었다.

학교 공부는 이렇게 어렵지 않았는데···.

훌쩍

훌쩍

터덜터덜

역시 우리 찐빵이! 만점이야~

나 이 문제 좀 알려 줄 수 있을까?

유능한 찐빵이 갑니다~

너랑 공부하면 공부가 잘돼!

히히

= 3

학교에서는 나름 알아주는 우등생이었는데

학원만 가면 무능력의 극치가
되어 버리곤 했기 때문이다.

나 이 문제
계속 봐도
이해가 안 가···.

진도 나갈
때마다 나를
확인하시네···.

찐빵아, 이해했지?
넘어간다?

아, 네넵!

입시 준비가 길어질수록
학원에 있는 시간도 길어졌고

나는
바보야

맞아, 넌 바보야

이
자식이

그리고
나도 바보야

공부 잘하고 싶다

그 시간에 비례해 나는 점점
공부에 대한 자신감을 잃어 가고 있었다.

입시 학원에서 힘들었던 점은
진도나 다루는 내용의 난도.

머시라고!

진도

난도   수준 차

더 있다구요?

그러나 가장 힘든 점은
뭐니 뭐니 해도…

거짓말이라고 해 줘

중딩에게는 타이트하고
빡센 학습 스케줄이었다.

수업 시간 80분

(중학교 수업 시간은 45분)

쉬는 시간 10분

자, 수업 시작한다~

털썩!

깜짝!

흐아아아…
힘들었다.

벌써?!?!?!

밤 열 시에 수업이 끝나고
열두 시(또는 새벽 두 시)까지
배운 내용을 복습하다가

우리 딸 요새 깨어
있는 걸 못 봤네···.

(꿀잠 중)

에구···

-집으로 가는 차 안-

집에 오면
거의 기절하듯 잠들었다.

학교에서도 수업 시간 빼곤 다 잤다.
심지어 점심도 거르고 자기 일쑤였다.

(걱정)

자습 시간 이후로
점심도 안 먹고···.
죽은 건 아니겠지···?

돈 워리

걱정 마, 숨은
쉬고 있는 거 같아.

그래서 친구들은 내 생사를 확인하기도 했다.
고마워, 얘들아!

하루 종일 공부하고
네 시간을 겨우 자는
날들이 이어졌다.

도로롱

너구리랑
친구 맺을
다크서클

오를 기미가
보이지 않는 성적을
어떻게든 올려 보려고
최선을 다했지만

한번 벌어진 격차는

넘을 수 없는 산처럼
거대하게 느껴졌다.

중요한 것은 결과가 아니라 과정이라지만

과정이 이 모양이라면
결과는 불 보듯 뻔하잖아.

미래가 뻔히 보이는 이 상황에서
내가 미워할 것은···

다음은 물리
들어야 하니까···

아 ㄹㅇ루 ㅋㅋㅋㅋ

주섬   주섬

A 교실로
이동해야 되네.

순간순간의 작은 위안들로
큼지막한 우울을 버텨 내려 한 때가 있었다.

찐빵이의 양꼬를 보여 줘!

Q.
나보다 뛰어난 사람들이 많고, 내가 뛰어나지 않다면 많이 힘들 것 같아요. 찐빵님은 어떠셨나요?

A.
언니에게 들어서 어느 정도 알고 있어서 마음의 준비를 좀 하고 학원에 갔는데도, 실제로 겪고 나니까 '생각보다 내가 더 멍청하구나.'라고 느꼈어요. 처음 3개월 동안은 선생님이 말하는 걸 들으며, '저게 무슨 말이지?'라고 생각했어요. 그 이후부터는 '아, 무슨 말인지는 알겠다!'라고 생각했고, 6개월쯤 지나서야 필기한 내용을 다시 읽어 보면, '뭔지 알겠다.' 하는 수준이 되었죠.

근데 다른 애들은 다 알아 듣거나, 그게 복습이었거든요. 그래서 거기서 오는 절망감이 좀 컸던 것 같아요. 나는 무슨 말인지조차 모르겠는데 얘들은 그걸 넘어서 심화 질문을 하니, 이게 승부가 되는 싸움인가 싶기도 하고 이걸 이겨 낸 언니한테 경외감이 들기도 했죠.

그래도 이때는 중2병에 걸려서, '지더라도 끝까지 분투하겠어!', '나는 내 불행, 이 실력 차이를 노력으로 극복하겠어!', '봉봉 드링크 하나 마시면서 이렇게 나를 혹사한다고? 너무 멋있잖아!'라고 생각했거든요. 물론 지금은 바로 들어가 자는데, 그땐 그렇게 저에게 심취하며 버텼습니다.

학원과 달리 학교에서는

국어

책을 많이 읽어
문학은 강함.
비문학 어려움

김첨지 나쁜놈…

과학

물리 파트 빼고는
거의 100점

사회

HA

3년 내내
100점

HA

수학

… 답이 뭐지?

최고
난도

살아남아라, 찐빵!

꼭 그 일 때문이 아니더라도
나는 이미 많이 위축되어 있었다.

공부하는 게···

의미가 있나···?

학원에는 보이지 않는 계급이 있었고,
그 안에서 나는 지레 움츠러들기 바빴다.

이번 모의평가 9번 풀었냐?
당연히 풀었지?

기하평균 그 문제

아ㅋㅋㅋ 그거 못 풀면
걍 나가 뒤져야지~

엇...

다 못 풀고 제출함 ➡

입시를 하며 제일 하지 말아야 할 건
목적 없이 자신을 비난하는 것

그럴 시간에 당장 몸을 움직여
한 글자라도 공부를 더 하는 게 이득이다.

그 상황에서 나를 구해 준 것은
소소하고 따뜻한 응원이었다.

합격 여부와 상관없이
넌 그만큼 성장해 있을 거야.

집에 가는
차 안에서
아빠의
한마디

친구가 건넨 위로와 커피

요즘 많이
힘들지?
오늘도 힘내.

!

작아 보이지만
절대로
작지 않은 것들

내 마음이 부서질 때마다
그 조각조각들을 주워 나에게 건네주던
이다지도 다정한 사람들

낯선 상황과 악의는 나를 아프게 했지만

고마워.

힘낼게,
오늘도.

그보다는 익숙한 다정함의 힘이 더 셌다.

그 위로들은 무척이나 힘이 세서,
나를 우울로부터 훅 하고 끌어올렸다.

나의 소중한 사랑들이
이렇게나 사랑하는 나를,
내가 미워해서는
안 되겠다.

일단 내가
할 수 있는
최선을 다하자.

나는 그 힘센 다정함들에 기대어서
다시 일어설 수 있었다.

나와 언니를 키워 주신 할머니는
늘 이렇게 말씀하셨다.

얼굴이 아주
반쪽이 됐네, 에구구···

냠냠냠

내 강아지

마싯따!

"사람은 밥심으로 살아가는 것이다."

할머니의 밥을 먹으면서 깨달았다.
사람도 결국 물리적인 존재이기 때문에
몸 상태가 좋지 않다면 정신도 그에 휘둘린다.

지금 나는
피곤하고 잠을
못 잔 상태다.

크읔···

밥 먹고
잘 자고
다시 생각하자

섣불리 뭔가를
판단하지 말자···

그래서 우울할 때는 초콜릿(스트레스 호르몬인
코르티솔 수치를 낮춰 준다)이나

바나나(행복 호르몬인 세로토닌을 생성하는
트립토판이 풍부하다)를 먹었고,

햐 아 아 아 ㅏ ㅏ

너무너무 힘든 날에는 불닭볶음면
(그냥 맛있다)을 먹었다.

학원의 많은 친구들이 짧은 식사 시간에
끼니를 해결하기 위해 편의점을 찾곤 했다.

삼각김밥!

밥버거!

편의점 정주분

컵라면!

(싱긋)

하지만 난 할머니의 손녀로서 그럴 순 없었다.
(전 한식 주방장)

지금 육회비빔밥 되나요?

다른 데는 다 양식이라

MENU

그래서 종종 학원 근처의 고깃집에서
혼밥을 하기도 했다.

나중에는 식당 사장님과 친해져서
가기만 하면 육회비빔밥을 만들어 주셨다.

오늘도 육비지?

참기름 많이용~

금방 줄게~

와~

역시 할머니 말씀은
틀린 적이 없어!

빵빵

그럼··· 다시 또 힘내 볼까!

**힘들었던 입시 전반을 버틸 수 있었던
힘의 5할은 밥심이었다.**

찐빵이의 앙꼬를 보여 줘!

Q.
찐빵님의 가장 큰 힘은 '긍정'인 것 같아요. 긍정의 원동력이 무엇인가요?

A.

타고난 성격이 그런 것 같아요. 엄마가 언니랑 저를 다른 방식으로 키우지 않으셨을 텐데 매우 다르거든요. 시험을 예로 들면, 저는 무조건 잘 봤을 것 같다고 생각하는 반면, 언니는 항상 못 봤을 거로 생각해요. 물론 결과는 정반대지만요.

그리고 제가 기억력이 되게 안 좋아요. 나쁜 일뿐만 아니라 좋은 일도요. 보통 좋은 일보단 나쁜 일이 더 기억에 남는데, 저는 둘 다 똑같이 까먹으니까 긍정적으로 보이는 것 같아요. 그런데 나쁜 일은 잊는 게 좋지만 좋은 일은 잊고 싶지 않잖아요? 그래서 일기를 썼어요. 소중한 순간들을 기록했고, 고민이나 걱정을 글로 쓰면서 감정을 정리하기도 했어요. 기억력이 안 좋은 게 어찌 보면 또 하나의 축복인 셈이죠.

사실 웹툰 〈과학고 생존일지〉도 친구들에게 물어봐서 그린 게 많아요. 친구들이 뼈대를 잡아 주면 제가 살을 붙이는 셈이죠. 또 저는 길게 생각하지 않는 편입니다. 이 두 개가 합쳐지니까 생각 없이 뭘 결정하고, '안 되면 어쩔 수 없지!' 하고 금방 까먹고, 또 새로 도전해요. 이게 반복되다 보니까 묘한 시너지가 나서 긍정적인 게 아닐까 싶어요.

잘 먹고 다녀요

봄

컵떡볶이

여름

냠

롯X리아
소프트콘 아이스크림

가을

구운 주먹밥

겨울

붕어빵

잘 먹고 다님

찐빵 소개서 (+팁!)

고통의 시간을 지나

저… 저게 무슨 소리지?!

졸면 절대 안 돼!

난 바보야…

드디어 입학 지원 서류를 준비하는 시즌이 왔다.

자기소개서를 쓰기 위해 생활기록부를
확인하던 부모님은 놀라고 말았는데…!

꿈이 정말…
많이 바뀌었네…?

혼돈의 진로 희망이
생활기록부에 남게 된 것이다!

○ 진로 희망

1학년	일러스트레이터
2학년	자동차 디자이너
	공학 연구원

아니 이게 무슨···
진로 희망··· 변경이람.
내가 면접관이라도 상당히 의아하겠군.

그때만큼은 자유분방했던
예전의 내가 원망스러웠다.

데헷
흐흐

잘해 보라굿!

아니, 나 자식!
무슨 생각이었던 거야!

중1

중3

크아아

자소서는 어떻게 써어어어

그렇게 매년 왔다 갔다 했던 장래 희망에 대해

곰곰

내가 그 진로를 선택했던 이유는 뭘까···?

처음으로 진지하게 고민하는 시간을 가졌다.

나는 구성 요소가 많은 오밀조밀한 그림을 그리는 걸 좋아했지.

1학년 때 꿈은 일러스트레이터!

골똘···

▲ 찐빵이가 중딩 때 그렸던 그림들

그렇게 오랫동안
나에 대해 생각해 보는 시간을 가지면서

제 꿈은 단순히
바뀐 게 아니라...

자소서 쓰는 중...

진화한 것이라고
생각합니다...

자기소개서를 조금씩조금씩
적어 나가기 시작했다.

3,000자 분량의 글을
학교별로 다른 양식에 맞춰 쓰는 것은 힘들었지만

동생이니까 50%
할인해 줄게

뻥이야

헉... 그럼
얼마...

여기
어색하다

멋짐!

유능!

아빠는 응원

엄마와 언니의 강력하고 전폭적인 지지를 받아

자기소개서를 완성할 수 있었다!

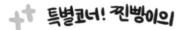

특별코너! 찐빵이의

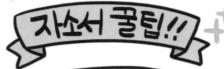

자소서 꿀팁!!

자소서 20개 이상 작성,
합격률 90% 이상의 찐빵이가
전해 드리는 꿀팁!

기록은 그때그때 하자!

한꺼번에 쓰려고 하면 어렵기도 하고
기억이 잘 안 납니다, 흑흑….
활동 이후의 감상, 깨달은 점 등을
활동 직후 메모해 두면 나중에 아주 편합니다.

거짓말은 절대 금물…

거짓말은 금방 들통납니다.
그게 서류 단계든, 면접 단계든요.
들키면 바로 탈락이니 절대 하지 맙시다!

너무 많은 것을
보여 주려 하지 말자

내 활동들을 모두 보여 주려고 하다가
질문의 요점을 놓칠 수도 있고,
분량이 넘칠 수도 있어요.

정말 보여 줘야 하는 내용만을 추려서
항목당 한두 개의 활동 위주로 씁시다!

학교별 인재상
숙지 필수!

'인재상 = 학교가 뽑고 싶은 학생'
이므로 인재상을 참고해서 인성 항목에 녹여 내면
쓰기도 편하고 어필하기도 좋습니다!

주의: 인성 항목은 내가 착하다는 걸
보여 준다기보다 '내가 이 학교에
이렇게나 적합한 학생'이란 걸
보여 주는 부분입니다!

사실 나열보다는
깨달은 점 위주로!

내가 했던 활동들은 이미
생활기록부에 나와 있습니다.

그러니까 자소서에는 내가 이 활동을 통해
무엇을 배웠는지, 이를 바탕으로 앞으로의 활동에서
무얼 깨달을 수 있는 학생인지를 보여 줘야 합니다.

n번 쓴 자소서보다 좋은 건
n+1번 쓴 자소서

자소서는 무조건 많이 쓰면 쓸수록
좋아집니다. 한 번이라도 더 읽고
고친 자소서가 낫다는 건 자명한 사실!

자소서를 많이 쓸수록 내용 숙지도 잘 되기 때문에
면접에서도 더 유용합니다.

이게
맞나

(자소서
쓰는 중)

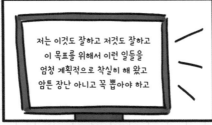

저는 이것도 잘하고 저것도 잘하고
이 목표를 위해서 이런 일들을
엄청 계획적으로 착실히 해 왔고
암튼 장난 아니고 꼭 뽑아야 하고

이게
나···?

장난 아닌데?

처음이었던 도전,
그리고 불합격

찐빵이는 지금… 지필평가를
보러 가는 차 안에 있다.

진정하자···.

괜찮아···
떨지 말자.

서류를 넣었던 모든 학교에 합격했지만,
시험 일자가 몰려 있어서 두 군데의
학교에서만 시험을 볼 수 있었다.

이 두 날짜에
모든 학교 시험이 몰림

그냥 다 보게
해 줬으면 좋겠다···.
아까운 전형비, 자소서···

학교에 도착해 들어간
시험장의 분위기는 마치 살얼음판 같았다.

그리고 문제를 본 순간, 알 수 있었다.

이 문제들… 진짜로 어렵다…!!

철수와 영희가 공을
주고받고 있습니다.

아, 포물선 문제는
많이 풀어 봤지!

철수와 영희가 각속도 ω로 빠르게 돌아가는
원판 위에서 공을 주고받을 때, 공의 궤적과 속도는?
그리고 그걸 밖에서 볼 때의 공의 궤적과 속도는?

?!

그… 저기
원판 위에
올라간다고?!

그래도 나는 주어진 시험 시간을 전부 사용해
답안지가 꽉 차게 내 나름의 답을 써 내려갔다.

일단 적자. 내가
아는 것 전부….

풀 수 있는
데까지 최대한…
머리를 짜내…!

그렇게 꽉 찬 답안지를 보며···
혹시, 어쩌면, 만약에라도
붙을 수 있지 않을까? 희망하기도 했지만

좀 엉망이긴 하지만···
그래도 난 최선을
다했어···

바들바들

어림도 없지! 시험을 마치고 학원으로 돌아오자마자
학원에서는 시험 문제를 복기시켰다.
(다시 돌아보는 것. 바둑에서 유래했다.)

또 나만 못 봤지, 또

내 눈앞에서 내가 답을 써내지 못한
문제들이 정답과 이어지고 있었다.

그래서 그 문제 답 4지?
○○이랑 □□이도
그렇게 썼다던데.

흠···. 걔네가
그렇게 썼으면
맞지 않을까?

그 문제 틀렸구나····.

그래서 나는 내 불합격을 미리 알았다.
학원에서는 친절하게도 합격 커트라인까지
알려 주었기 때문이다.

내 예상 점수는….

바스락

학원에서는 가채점 결과를 보고
3차 면접을 포기하는 친구들이 생겨났다.

가채점 결과 보니까
가망이 없네.

잘 있어

3차는 그냥 포기하고
안 하는 게 낫겠어.

그러나 나는 학원에 남아 계속 준비했다.

자, 그럼 다음 페이지~

첫 번째 문제 보자~

왜 그랬냐고 물어도…
그때의 나는 이유를 몰랐다.

기적처럼
붙을 거야~
혹시 모르잖아!

그렇겠지…?

이제 포기하자···
이미 결과는
나와 있잖아.

나의 낙관이 이유 있는 희망인지,
현실에 대한 회피인지

나는 단지 이 꿈을 이룰 수 있다고 믿었다.

만약의 만약을 거듭해서 짜낸 희망을
놓지 못했다.

지잉

영재학교 지필평가 결과는 꽤 빠르게 공지되었다.

다 불합격이었다.

주변 사람들의 응원과 위로가
하나도 들리지 않았다.

울음도 나오지 않았다.

태어나 처음으로 열과 성을 바쳐
준비한 노력이 모두 물거품이 되었을 때

나는….

다시 아프고 싶지는 않지만

잘 달리고 있었다고 믿었다.
그러나 넘어지는 건 순식간이었다.

주저앉아 포기하는 건 어렵지 않았다.
진짜로 힘든 건 다시 시작하는 일이었다.

나에게는 과학고등학교라는
또 다른 도전의 기회가 남아 있었다.

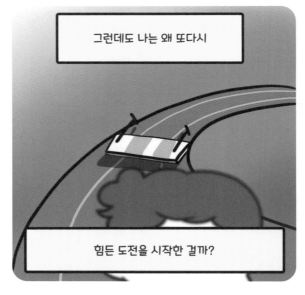

1년이었다.

제때 잠을 못 자서 퀭하게 다니던 날들이

날 선 말들에 익숙해지던 시간들이

그래도 희망을 놓지 않고
꾸역꾸역 공부하던 매일이….

아빠는, 네가 뭘 선택하든
단지 후회하지만 않았으면 좋겠어.

아빠 돌이켜 봤을 때
'아, 그때 이렇게 했더라면···.' 하고
후회하는 일이 무엇보다 괴로웠어.

만약에···
했더라면···.

미래는 바꿀 수 있지만, 과거는 바꿀 수 없어.
그래서 후회를 남기면 안 되는 거야.

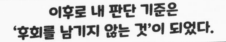

단독! 찐터뷰

찐빵이의 앙꼬를 보여 줘!

Q.
후회가 새로운 도전에 동기를 부여한 셈이네요. 처음으로 겪은 최선을 다한 실패는 어떻게 극복하셨나요?

A.

저는 힘든 일을 생각하면 생각할수록 심리적으로 땅굴을 파고 들어가거든요. 그래서 차라리 고민할 시간을 별로 안 두고 뭔가에 바로 도전해서 그런 감정에서 벗어나려 하는 편입니다.

한번은 너무 우울해서 일이 손에 안 잡히더라고요. 어떻게든 벗어나고 싶은 마음에 '아, 그러면 지금 이 우울한 감정이 엄청나니까 글이 너무 잘 써지겠다.'라고 생각해서 글을 엄청 썼어요. 또 잠자리에서 생각이 너무 많아지니, 연구실에서 새벽 세 시까지 일하고 집에 가서 기절하고 다시 와서 일하고를 반복했어요. 그렇게 시간이 지나고 나니까 좀 괜찮아지더라고요.

과학고 합격했을 때 아버지께서 하신 말씀이 있어요. "합격한 것보다도 네가 뭔가를 성취한 경험 자체가 되게 귀한 거야. 네가 실패에 중독되지 않았으면 했어. 실패로부터 뭔가를 얻어 갈 수 있으면 너무나 좋겠지만, 그러지 못하는 경우가 훨씬 많거든. 그래서 네가 실패로부터 빨리 탈출하고 움직여서 다른 자그마한 성취라도 쭉 해 나가길 바랐어." 그래서 그 뒤로도 뭔가 실패했을 때는 다른 것을 계속하며 극복했던 것 같아요.

이제야 실감 나

마침내, 마지막 관문

하지만 고3 때 열 군데에 수시 원서를
쓰면서 자소서 지옥을 다시 겪게 된다.

다음은 인성면접으로, 자소서의 사실 관계 및 학생이 학교의 인재상에 맞는 사람인지를 확인하는 면접이다.

그래서 나는 인성면접을 통과하기 위한
나만의 차별점을 곰곰 생각해 보았다.

인성면접은 어차피 중간 단계니까 말이지, 나를 한 번 더 보고 싶게 만들면 되는 거잖아!

나 자신을 믿고, 나의 당차고 씩씩하고 살가운 모습을 가감 없이 보여 주는 거야!

또 인성면접은 정량적이기보단 정성적인 편일 테니···!

이 학생도 긴장했군···.

면접관이 하루에 보는 학생 수는 100명 이상
→ 자신감 없는 태도는 나를 유형화할 수도

저, 저는···.

오! 이 학생···?!

첫인상 호감
→ 호의적으로 면접
→ 좋은 분위기 유지
→ 합격 가능성 상승

이를 '초두효과'라고 하며, 실제로 인사 담당자의 70%가 첫인상을 보고 평가한 적이 있다는 통계가 있다.

저는 ~~습니다!

지원자들의 스펙이 비슷하다면
면접관은 면접자의 첫인상에 영향을 받겠지?
내가 싹싹하고 살가운 태도로 면접에 임해서
처음 분위기만 잘 잡는다면 면접이 수월해질 거야!

이처럼 내가 생각했던 나만의 차별점이란,
상당히 기적의 논리가 아닐 수 없었으나…

우리 학교에 온다면
제일 먼저 하고 싶은 건?

면접관 선생님
수업을 듣고 싶어요!

허허, 학생도 참

HAHA

HOHO

HAH.

놀랍게도 이게 통해서
인성면접도 가볍게 통과하고 만다…!!

후후, 덤벼!

1단계

2단계

그렇게 과학고 입시 과정의
1, 2단계를 비교적 가볍게 물리치고
어느덧 3단계 면접만을 남겨 두게 된 찐빵

3단계 수·과학 면접에서는 수학, 과학 문제를
하나씩 풀고 면접관 앞에서 설명해야 한다.

① 제시문을
본 후

② $x \rightarrow y$

풀이 과정을
설명한다.

면접을 볼 때 속하는 조는
면접 당일에 공지됐다.

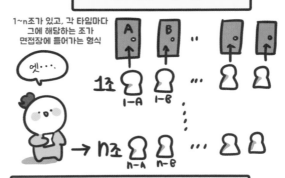

2단계 면접은 가장 먼저 봤었는데
3단계는 제일 마지막에 보는 조가 되었다.

2단계 면접 합격자는
같은 날 3단계 면접을 봐야 했기에,
매우 긴 시간을 기다려야 했다.

얼마나 기다렸냐면…
한… 다섯 시간?

휴대폰도, 읽을거리도 없이
(자료 같은 건 못 들고 감) 그냥 앉아서
다섯 시간을 보내려니 죽을 맛이었다.

게다가 불편한 '그 강당 의자'라 졸지도 기대지도 못함
세상에서 제일 긴 다섯 시간

수·과학 면접은 인성면접과 달리
문제 풀이 실력으로 당락이 결정되기 때문에

정신 바짝
차려!

주섬

꾸깃

주섬

이것만 하면
끝이야.

들어가기 전, 나는 마음을 다잡았다.

그렇게 이 입시의 마지막 장으로 들어섰다.

드디어 시작된 3단계 면접, 간단한 자기소개 후
바로 문제 풀이를 시작해야 했는데,

오랜 기다림 탓일까,
나의 긴장은 극에 달해 있었다.

다행히도 내가 자신 없었던 수학 문제는
잘 아는 유형이 나와서 쉽게 설명할 수 있었다.

복병은 평소에 괜찮던 과학 문제였다.
과학 문제는 창의력 문제여서,
명확한 답이 있기보다는

그렇기 때문에
저는 ##이라고 생각합니다!

출제된 문제와 내가 알고 있는 개념을 잘 연결해
논리적으로 설명해야 했는데···.

아··· ##이요···?? 흐음···.
다른 답안은 없나요?

찌풀

그 말로 인해 한순간에 페이스가 무너졌다.

다른 개념을 말하거나 그냥 모르겠다고 해야 했는데,
나는 패닉에 빠져 계속 웅얼거렸다.

면접을 마치고 돌아가는 차 안에서
나는 조금 울었다.

훌쩍

훌쩍

그러나 크게 소리 내어 울 힘은 없었기에
그저 조용히, 가만가만 울었다.

면접을 엄청 못 봤나 보네···.
그렇게나 애썼는데, 우리 딸.

언제나 긍정적인 애가···.
이렇게 울 정도면···.

엄마는 그때를 회상하며
엄마도 많이 울고 싶었다고 말했다.

그렇게 집에 와서….

오래 울어서
퉁퉁 부음 →

주섬

주섬

다음 날 아침

나는 3학년 내신을 준비하기 시작했다.

단독! 찐터뷰

찐빵이의 앙꼬를 보여 줘!

Q.
마지막 면접을 치른 뒤에는 어떤 기분이셨나요?

A.

면접 때 받은 충격이 커서 그날은 생생하게 기억나요. 제가 면접 보는 제일 마지막 조여서 밤늦게 면접이 끝나고 운동장에 갔어요. 기다리는 부모님들 사이에서 엄마 차를 찾아서 탔죠. 엄마가 "어땠어?" 하고 묻는데, 제 생각에는 떨어질 것 같아 눈물이 펑펑 나는 거예요. "엄마, 어떡하지? 나 망했어."라고 말하면서 울었죠.

그리고 퉁퉁 부은 상태로 집에 돌아와서 자고, '아, 이번에도 틀렸구나…'라고 생각했죠. 그래도 며칠 뒤에 플랜C인 고등학교에 갈 생각을 하니 다시 풀리더라고요. 면접 2, 3일 뒤부터 제가 너무 멀쩡하니까 엄마가 화를 내셨어요. "아니, 면접을 이렇게 죽 쒀 놓고 와서 저렇게 애가 밝네. 너 괜찮아? 아무렇지도 않아?" 그러면 "플랜C 있잖아~" 이러니까 엄마가 그 말에 화가 나서 또 혼났죠. 근데 저는 중학교 때 '실수, 실패, 뭐 인생에서 겪어 볼 만하지. 고등학교 재밌겠다~' 이러고 있었어요. 갈 예정인 그 학교에 대해서도 알아보고요.

이것도 긍정이랑 연결되네요. 제가 행복했던 순간은 자주 곱씹는데, 나쁜 기억은 그러지 않거든요. 그래도 면접 당일은 되게 암울했었던 것 같아요.

어느 평범한 하루

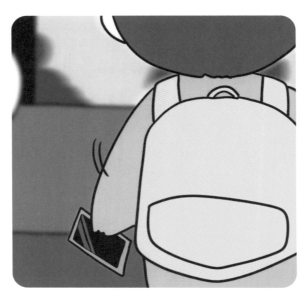

윤찐빵, 과학고 최종 합격!

대리
자랑

'해 보지 뭐!'
덕분에 알게 된 것들

'어쩌면 나는 〈과학고 생존일지〉를 그리기 위해 과학고
에 들어간 게 아닐까?'

저는 왜 과학고에 도전했을까요? 성인이 되어 조금은 미
숙했고 치기 어렸던 그때를 돌아봤습니다. 입시부터 생존
까지, 그 모든 도전은 사실 저의 '특별함'을 증명하기 위한
시도였던 것 같아요.

중학교 2학년, 사춘기의 한복판에 서 있던 저는 조금씩
얻어 가는 삶의 깨달음이 자랑스러워 스스로 다 컸다고 자

부했습니다. 또, 세상에서 제일 불행하다고 느끼다가도 금방 제일 행복하다고 느끼는 등, 감정의 롤러코스터를 타고 있었죠. 그때 저는 스스로가 세상에서 제일 특별한 사람이라고 철석같이 믿었어요.

그래서 그 믿음의 실현을 위해 '영재학교 입시 준비'라는 길을 선택했습니다. 영재가 되면 내가 특별한 사람이라고 모두에게 인정받을 수 있을 것만 같았거든요. 그림이나 노래 등의 분야에서도 소질이 있었지만 제가 선택한 것은 역시 공부였습니다. 다른 분야에서 공부만큼의 인정을 받으려면 아마 배 이상의 성취가 필요할 테니까요.

영재학교 입시 준비를 결정한 데에는 다른 이유도 있었습니다. 매일 밤늦게 퇴근해 늘 녹초가 되셨던 부모님. 두 손녀가 공부를 잘하는 것이 가장 큰 행복이셨던, 저희를 키워 주신 할머니. 그 와중에 사교육 없이도 올림피아드에 출전하고 짧은 학원 생활로 영재학교까지 붙은 언니. 신문에 연일 나오는 '이과가 아니면 취업이 점점 힘들다!'라는 헤드라인.

어린 마음에 '내가 좋아하는 그림만 그리다가, 우리 집에 보탬이 되지 못하면 어쩌지?'라는 걱정은 자꾸만 커져 갔습니다. '그렇다면 내가 제일 잘하는 공부로, 영재학교에 들어가서 좋은 대학을 가야지. 그렇게 되면 모든 것이 해결될 거야!'라는 게 그 당시 저의 결론이었습니다.

그렇게 시작된 객기에 가까운 도전은 다행히 꽤 성공적 (과학고)으로 마무리됐습니다. 그러나 이후 상황은 조금 이상하게 흘러갔어요. 과학에 대한 탐구심 때문이 아니라 단지 저의 '특별함'을 증명하기 위한 입시였기 때문에, 과학고 입학 이후에는 목표가 없었던 겁니다. 심지어 저보다 공부를 잘하는 친구들을 보며, 저는 제가 특별하지 않다는 걸 알게 됐죠.

그 와중에 내신 경쟁은 치열하지, 실험 일정은 바쁘지, 잠은 부족하지…. 게다가 같은 학원에서 함께 과학고로 진학한 한 아이가 저를 괴롭히기까지(이 이야기는 에필로그에서 다루는 걸로)! 아프니까 청춘이 아니라, 아파서 도망치고 싶은 날들이 이어졌어요.

그래서 만약 여러분도 과학고 진학을 꿈꾼다면, 한 번쯤 자신에게 과학고 도전의 이유를 질문했으면 해요. 자신의 명확한 목표가 있다면, 과학고에서 힘들고 지칠 때마다 그 목표가 여러분을 지켜 줄 든든한 버팀목이 되어 줄 테니까요. 과학고뿐만이 아닙니다. 모든 도전에 중·장기적인 목표를 세우시길 바랍니다. 목표는 성공할 때까지 도전하게 만드는 원동력이 되어 줄 거예요.

목표가 없었던 저는 돌이켜 보면 아쉬운 순간이 많습니다. 저는 무엇을 위해서 공부하는지도 모른 채로 공부했어요. '입학하면 좋겠지, 공부를 잘해서 나쁠 건 없잖아? 그림을 좋아하긴 하지만, 세상에 나보다 잘 그리는 사람들이 얼마나 많은데….'라며, 다른 가능성은 생각해 보지도 않고 말이에요.

물론 과학고에 진학한 것을 후회하지 않습니다. 오히려 저에게는 최고의 선택이었어요. 과학고에서 얻은 모든 경험과 깨달음 덕분에 저는 한 단계 성장했으니까요. 뛰어난 친구들과 경쟁하며 학문적 시야를 넓힌 것과 훌륭하신 선생님들께서 해 주신 수업과 조언은 제가 과학고에 가서 누리게 된 크나큰 행운이었습니다. 다만, 그것과 별개로 당시 저의 상태는 불안했어요. 목표를 가지지 않았기에 실패를 마주했을 때 자주 흔들렸고, 자신의 노력을 의심해야 했습니다.

한 가지 다행인 점은 공부 때문에 저 귀퉁이로 밀어 두었던 다른 재능을 완전히 놓지 않았다는 것입니다. 과학고에 다닐 때 목표가 없었기에 매일 겪었던 좌절을 적은 일기, 쉬는 시간에 교과서 귀퉁이에 끄적였던 조그맣고 귀여운 캐릭터 낙서, 언젠가 나와 같은 생각을 하는 사람들에게 내 이야기를 나누겠다는 다짐. 대학에선 진로의 갈피를 잡지 못할 때 충동적으로 했던 휴학까지…. 전혀 관계없어 보이는 것들이 그림과 만나 나비 효과를 일으킨 것 같아요. 그렇게 지금은 웹툰을 연재 중인 공대생이라는(!), 정말로 특별한 사람이 되었네요. 인생은 정말 알 수가 없습니다.

2부

차가운
현실에서 살아남기

입학을 축하합니다!

과학고에 가는 첫날, 집을 떠나 한참을 달려
설레는 마음으로 학교에 도착한 찐빵이

두리번

두리번

처음 보는 100명가량의 친구들

앞으로 2년 또는 3년 동안
저 친구들과 한 공간에서 생활해야 한다.

라고,

나는 속으로 간절히 빌었다.

이것은 조금 먼 후의 이야기!

이어지는 오리엔테이션에서는 브릿지 프로그램의
(과학고 적응을 위한 입학 전 교육 프로그램)
일정과 학교에서 지켜야 할 사항을 안내받았다.

저녁을 먹은 후에는 배정된 기숙사 방으로 가서
짐들을 정리하기 시작했다.

이제야 집을 떠나 이곳에서
살아갈 것이라는 게 실감 나기 시작했다.

※ 2주 뒤에 집 감. 입학해서도 일주일에 한 번씩 집 감.

그 희끄무레한 별빛을 바라보며

슬슬 어른이 될 준비를 해야겠다고 생각했다.

근데··· 저거 은근 눈부셔···.

질끈!

내일 다 떼야지···.

드디어 입학식의 아침이 밝았다.

처음으로 고등학교 교복을 입고
학교 강당으로 향했다.

입학식이 진행되는 강당 앞에는

선배들이 일렬로 서서
신입생들을 기다리고 있었다.

강당 앞 복도에는 모든 기수의
이름들이 새겨진 금판이 붙어 있었다.

앗··· 저기
내 이름도 있네?

그중 한 곳에 내 이름이 새겨져 있다는 게
신기하면서도 이상했다.

나도 이제 이 학교 학생이구나···!
아직도 실감이 잘 안 나는데···.

꼼질

꼼질

내신 관리가 쪼끔 힘들어요!
전교생이 100명 안팎이라 전교
40등 하면 5등급이에요!

평균 등급이
작살나는 마법~

그… 그럼
1등급 하려면요?

전교 4등 안에
들어야죠~

올림피아드
국가대표 하는
애들 사이에서 4등?

과학고에서…?

도망… ㄱ…

이것만 하면 과학고가 아니죠!

그렇다고 공부만 하면 안 되죠!
연구 활동도 꾸준히 해야 한답니다~
1인 1 R&E는 물론이구,

학기마다 개인 연구를
해서 보고서도 제출해야 해요!
물론 개인 관심사 관련
독서록도 써야 하구요~

사망x2

절레

절레

챱

(소근)
쓸데없는 소리
하지 마~

노력하는 거야, 노력!

단독! 찐터뷰
찐빵이의 앙꼬를 보여 줘!

Q.
남들과는 다른 학교에 가는 기분, 어떠셨나요?

A.
'아~ 이게 장원 급제로 금의환향한 기분이구나!' 싶었어요. 선생님들이 저를 보실 때마다 "과학고 합격했다며? 야~ 선생님이 그럴 줄 알았어!" 하시고요. 제가 수업 시간에 많이 잤던 과목 선생님들도 저를 칭찬해 주시니까 되게 특별해진 기분이 들었어요.

과학고를 희망하는 후배들도 저한테 물어보고, 자소서 쓸 때 많이 도와주신 수학, 과학 선생님께서도 주변에 저를 자랑하시니까 정말 한동안은 둥실둥실 떠다녔어요.

그리고 합격 통보받은 날이 기말고사 준비 기간이었는데, 합격해서 공부를 안 한 것도 너무 좋았죠. 게다가 친척분들에게 용돈 받고, 부모님이 항상 자랑하셔서 효도한 느낌도 받았어요.

저는 제가 이뤄 낸 걸 한껏 치켜세우는 편이에요. 성공의 기쁨을 알아야 또 하고 싶어지잖아요. 근데 마침 주변에서 제가 고생한 걸 알아주고 칭찬해 주니까 자기 과시 욕구도 충족돼서 '과학고' 타이틀에 도취했어요. "와! 난 최고야! 윤찐빵, 과학고생이 그림도 잘 그리고 노래도 잘해도 되는 거냐구!" 이런 걸 상상하면서 멋에 취하는 게 좋았어요.

140

과
학
고
…?

과학고에는 다양한 동물들이 많았어요

안녕

다람쥐, 뱀, 철새들,
두더쥐, 쥐…

아아악

꾸에에

고라니…

멧돼지…?

흥ㅇ

wow

여기 학교 맞나?

동아리를 들어가야겠어요!

중학교에서는 만화부 활동을 해서,
학교 축제에 큰 관심이 없었다.

만화부 굿즈샵

굿즈 보고
가세요~

회지 사세요~

피자 사 먹자~~

와~ 이만큼이나
벌었어!?

단지 우리끼리 만든 회지와 굿즈를 팔고
그 돈으로 소소하게 회식을 하는 게 축제의 전부였다.

그런데 과학고에서는 달랐다.
이 선배들… 축제에 진심이었다.

우르르 달려드는 학생들과
저지하는 선생님들

와아아아

우어어어어

알고 보니 이런 큰 축제가 연말 축제랑 신환회,
단 두 개뿐이라 이때 즐기지 않으면 안 됐던 거였다.

아직 신입생이라 축제에 간절하지 않았던 나는
남은 무대를 구경하며 쉬고 있었다.

신입생 무대 끝내고
강당 맨 뒤에서 쉬는 중

춤과 노래가 모두 끝나고
마지막 무대만을 남겨 두던 바로 그때였다.

찾아라 비밀의 열쇠 ♪

미로같이 얽힌 모험들 ♬

멈칫!

《《현실과 또 다른 세상》》

《《환상의 디지털 세상》》

(※디지몬 어드벤처 오프닝)

[밴드부의 무대가 시작되었다!]

드럼과 함께 속절없이 둥둥거리는 찐빵이의 심장…!
베이스에 맞춰 떨리는 그의 피…!

가슴이
둥둥거려…!

멋지다~~

이것이… 청춘?

디지몬 친구들!!!

렛츠고! 렛츠고!

(in 찐빵이의 머리)

지금 조끔 배고파

키보드 언니 멋있다!

심장이 터질 거 같아요!!

심장은··· 쉽게 터지지 않아···

야호

워워

신난다~ 뛰어~

그 무대를 보고 나는 무조건! 반드시! 밴드부에 들어가겠다는 결심을 품었다.

밴드부에 들어가고 말겠어···!

눈물 잘잘

절대로···!!

꼭!!!

그 후로 매일 방에서 노래 연습을…
하려고 했으나,

어제 기숙사에서 은은하게
롤링 인 더 딥 들리던데 들었어?
(Adele - Rolling in the Deep)

너였냐?!

들렸구나··· ㅎ

(부끄)

우리 기숙사의 좋지 못한 방음 때문에
코인 노래방에 가서 연습했다.

사실 나는 할머니를 닮아 노래를 꽤 하는 편이었다.
그래서 노래 실력에는 나름 자신이 있었는데…

애기 때 가요 조기교육

이쪽으로 가면 ♩

전국노래자랑
수상자 ♩

쑥쑥국 쑥국 ♪

문제는 아주 잘 부르는 친구도
같이 지원했다는 점이다.
하지만 밴드부 보컬 자리는 단 하나…!

심바: 파워형 보컬
샹들리에 원키로 올라감
(Sia-Chandelier)

크윽…!
너무 강력한 상대다….

동아리 면접 당일, 우리는 누가 붙더라도
서로를 응원해 주기로 하고 면접에 들어갔다.

각자
최선을 다하자!!!

누가 붙어도
후회 없도록!!!

그렇게 준비해 간 노래를 부르고,
질문 몇 가지를 남겨 둔 상황이었다.

무대에 서면 많은 친구들이 지켜봐서
긴장될 텐데, 그 상태에서도 분위기를
잘 휘어잡을 수 있을 거 같아요?

앗, 저는···

저는···

좀 또라이라 완전
잘 뛰어다닐 자신 잇슴다!!!

반짝

반짝

갑자기 분위기 또라이

148

나중에 들으니, 3 대 3 상황에서
나의 마지막 대답에 감명받은 한 선배가
나를 선택했다고 한다.

결론: 밴드부에 들어가려면
자신의 또라이력을 뽐내자(?!)

… 보다는 '동아리에 대한
본인의 열정을 뽐내자'가 맞겠군요.

생명과학부
사유: 생명과학
활동 및 연구

밴드부
사유: 청춘과 낭만

신문부
사유: 치킨!

따라서 세 번의 면접을 보게 되었다.

생명과학부

이··· 이게 머야

다음 그림은 뇌의 구조와 모습, 그리고 ~~~~~~~~~~~ 할
수 있다. 그림 A는 뇌의 세포의 형태에 따라서 ~~~~~~~~한 것으로
브로드만 지도라고 한다. 그림 B는 뇌의 각 부분을 형태와 기능에 따라서
해부학적으로 자른 단면을 나타내고 그림 C는 뇌에 존재하는
뉴런과 신경 교세포(성상세포astrocyte, 희소돌기 아교세포oligodendroglia,
방사 신경 교세포radial glia, 미세 아교세포microglia)들을 나타낸 것이다.
다음 물음에 답하시오

처음 보는
개념인데···

으아아

151

하지만 현재는 이러한 방법은 의미가 없으며 뇌의 각 구조들의
연결 관계와 상호작용에 대하여 훨씬 더 높게 평가한다.
DNA 현 멤버 중 뇌의 각 구조가 제대로 연결되지
않은 것 같은 사람을 한 명 지목해 보시오.

아니, 잠시만요!

뭔가 이상한 문제가
섞여 있는데요…???

뇌의 구조가 연결되지 않으면
한 가지 분야에 몰두하게 될 것이라고
추론했습니다. 그래서, …

일단
아무거나
던져 보자!

최대한
합리적으로
개소리하는 후배

어찌저찌
합격

그걸 진지하게
들어 주는 선배들

찐빵이의 앙꼬를 보여 줘!

Q.
동아리를 세 개나 들었다니, 힘들진 않으셨어요?

A.
대학교에서는 동아리 여섯 개 들었거든요. 과학고 때는 공부가 힘들어서 세 개밖에 못 했어요. 동아리를 많이 들어서 힘든 게 아니라, 힘들어서 동아리를 조금 들은 거죠.

근데 저는 동아리에 시간 투자를 많이 안 했어요. 밴드부는 축제할 때만 준비했는데, 축제는 기말고사가 끝난 후라 시간적으로 꽤 여유 있었거든요. 과학 동아리는 어차피 자소서를 위해 모든 애들이 하나씩 필수로 드는 거였어요. 추가로 든 신문부는 그리는 데 오래 걸리지도 않았고요. 그리고 그림을 그리기 위한 명분도 필요했어요.

제가 과학고 와서 그냥 그림을 그리면 너무 시간을 낭비하는 것 같으니까, 어디라도 들어서 뭔가 결과물을 남기고자 했어요. 그러면 자소서에도 쓸 수도 있을 테니까요. "내가 아는 걸 점검하고 다른 사람들에게 과학을 쉽고 재밌게 전달하기 위해 과학 만화를 그렸습니다." 이런 식으로요.

물론 제가 처음부터 전략적으로 하는 건 아니에요. 일단 저지르고 나중에 수습하는 편이잖아요? 그림을 그리고는 싶은데, 그냥은 그릴 수 없으니 명분을 찾아 신문부에 들어간 거죠.

동아리 활동

생명과학 동아리
실험 밎 논문
분석을 했다

신문 동아리
삽화와
만화를 그렸다

밴드 동아리

록앤롤

Welcome to
Black Pand

언제나 힘겨운 시험

전국 이공계 인재들만 모인 곳!
과연 이 학교의 전교 1등은 누구일까?

전국경시대회
우승자

휴먼테크
수상자

너희
머시따

올림피아드 국가대표

과목별로 쟁쟁한 친구들이 있지만

'그'라면···.

음··· '그'라면···.

끄덕

끄덕

?

음음

우리 학교 친구들 모두가 부정하지 않는
절대적인 1등이 있었다.

바로 이 곰… 아니 이 친구다.
보통 과학고의 전교 1등은 물리나 수학 같은
특정 과목에만 강한 경우가 있는데, 이 친구는…

이름: 곰히
말랑해 보이지만
되게 말랑함
크고 하얗다

곰은 사람을
찢… 지 않고
성적을 찢어…

전 과목에서 좋은 성적을 받는 천재!
근데 또 노력도 엄청나게 하는 천재!

풀이 과정에 오류가
있는 거 같아요!

선생님!

어제 문제의 상황을
바꿔서 풀어 봤는데···

근데(2) 심지어 공부를 무지 좋아해서
쉬는 시간에도 틈틈이 문제를 만들기도 하고,
설레는 표정으로 물리 토론을 하기도 하고…

근데(3) 또 착하기까지 해서
시험 기간에는 친구들의 질문 세례 때문에
자기 공부 시간이 없을 정도

천재 위에는 노력하는 자가 있고
노력하는 자 위에는
즐기는 자가 있다던데….

저… 착하고
똑똑한
곰돌이 같으니…

곰히가 30분 동안
설명해 주었으나
이해 가지 않은 물리 문제

고맙다…
근데
이해 못 했어…

천재가 노력하고 즐기면… 전 어떡해야 하죠?

이미 새벽 세 시라
내일 수업 졸 것 같음

곰히가 설명해 준 이후로
두 시간 동안 매달렸으나
아직도 모르겠음

물리
진짜 싫어함

에라이,

때려치우련다

과학고의 천재들을 따라잡기 위해서는
어떻게 해야 할까?

밤새 롤해도
만점 받는
친구

천재 곰히

걍 찐빵 →

사실 주어진 선택지는 '포기' 아니면
'더 해 보기'밖에 없다.

실제로 몇몇 친구들은 좋은 내신을 받기 위해
전학을 가기도 했다.

나는 '더 해 보기'를 선택했고, 다른 친구들을
따라잡기 위해 잠을 계속 줄여 갔다.

그러다 보니 수업에 집중 못하는 날도 많았다.
그렇다고 잠을 넉넉히 자자니,

**옆에서 열심히 공부하는 친구들에게
뒤처질 거라는 두려움이 엄습했다.**

중학교 때는 예습과 복습을 열심히 하면
그럭저럭 따라갈 수 있었지만,

이제는 상황이 완전히 달라졌다.

여기서는 그날 배운 걸
복습하기에도 시간이 모자랐다.

그렇게 악순환이 반복되었다.

고등학교에서의 내신 경쟁은
마치 물살을 거슬러
헤엄을 치는 것과 같았다.

노력하면 제자리에,

가만히 있으면 뒤처졌다.

그런 상황에서 첫 중간고사가 실시되었다.

일단 시험지를 받아 본 소감이 어땠냐면…

긴장하지 말자

제발

중학교 시험이 쉬운 문제 대다수와
킬러 문제 한두 개로
상위권을 가르는 느낌이었다면,

역시 미리 공부하길 잘했어!

시험문제 이해도
못함

〈중딩 때〉

〈과학고〉

라?

과학고 시험은 모두를 부숴 버린다는 느낌

그리고 정말 악랄한 게, 특정 부분에서 잘못된 값을
대입하면 나오는 답들이 보기에 있었다.
즉, '딱 봐도 아닌' 보기가 없다는 것

3번 아님 4번인데···
(일단 1번 무조건 아니고)

〈예전〉

1번? 2번? 3번?
아님 4번? 오히려 5번?????

〈지금〉

서술형도 너무 많았다. 풀이 하나하나가 점수고
답을 찍어서 내면 채점도 안 해 주셔서
어떻게든 답만 유도해 내는 꼼수도 쓸 수 없었다.

거기에 문제가 너무 어려워서
마지막 문제까지 도달하기도 힘들었다.

그렇게 멘탈이 탈탈 털려 버린 채로,
바로 다음 시험을 준비했다.

첫 시험을 보기 좋게 망쳤다는 생각에
눈물이 나올 것 같았지만, 울지 말아야 했다.

울면 안 돼! 산타할아버지가 문제가 아니라,
울면 컨디션이 무너진다.

흔들리는 멘탈을 최대한 부여잡으며
시험을 하나하나 끝냈다.

그리고 과학고에 들어와서
처음 듣는 종소리로 시험이 끝났다.

도시도라솔도시라
솔시라솔파라솔파

아···

Tip! 과학고에는 종소리가
없다. 선생님이 원하시면
쉬는 시간까지 수업하기
때문이다!

손 머리 위에 올리고,
맨 뒤 사람 답지랑
OMR 걷어 와라~

아···

죠져따

능능

**하지만 이제 막
시험 첫날이 끝났을 뿐이었다···.**

찐빵이의 앙꼬를 보여 줘!

Q.
찐빵님은 왜 남아서 '더 해 보기'를 선택하셨나요?

A.

과학고에 입학은 했지만, 그곳에 있는 친구들처럼 공부를 잘하진 못했어요. '과학고에 들어가면 그동안 했던 준비가 열매를 맺어 편안한 학교생활이 가능할 거야!' 어림도 없었습니다. 저는 그런 마법이나 동화 같은 삶을 사는 사람이 아니었어요. 학교 수업을 따라가지 못해 허덕이기 일쑤였고, 내 노력을 아득히 뛰어넘는 재능을 가진 친구들이 많았어요.

이런 상황에서 제가 할 수 있는 건 몇 개 없었습니다. 그리고 그중에서 가장 쉬운 게 남아서 끝까지 해 보기였어요. 다른 선택을 하자니, 지금까지의 성취를 다 내려 두고 다른 학교로 갈 정도로 용감하지도 않았어요. 제가 그동안 한 노력이 물거품이 되는 것 같아 무서웠거든요.

그래서 다시 입시에 도전했을 때처럼, '후회는 안 하겠지.'라는 심정으로 남아 있었습니다. 그게 제가 제일 잘하는 거였고, 그렇게 해서 과학고에 오기도 했으니까요! 그리고 나중에 비록 좋은 성적을 받지 못하더라도, '난 최선을 다했잖아!'라고 말하고 싶었어요.

시험 때면 늘

굳세어라 윤찐빵!

지옥의 팀 프로젝트(1)

과학고 활동 중에서 가장 중요한 건 뭘까?
(시험 등 내신에 관련된 것 제외)
단언컨대 하나를 꼽을 수 있다.

아무래도 R&E겠지?

100명한테 물으면
90명 이상이
이렇게 답할 듯

아레너지~ 음음

바로 R&E!!

R&E는 Research & Education의 준말로,
분야별로 팀을 짠 후 주제를 골라
1년 동안 연구하는 활동이다.

연구연구

Conclusion

발표발표

연구하고 그것을 설명하는 일련의 과정에서
많은 것을 배울 수 있고, 자신의 연구 적성과
진로를 파악할 수 있다.

고등학교 단계에서 다루기 어려운 실험 장비나
고가의 자재들을 사용할 수 있는 것은 물론이고,
연구보고서를 다른 대회에 제출해 상을 탈 수도 있다.

SEM
AFM

수억 원대의 장비들

인생 첫
연구보고서

···에 대한
음의물의
효용성

저는 R&E 활동을
통해 이런 점을···.

수십만 원대의 시약들

자소서에
꼭 들어감

자소서의 단골 주제이기도 하며,
자신의 연구 역량을 미리 가늠해 볼 수도 있는,
단연 **과학고 활동의 꽃**이라고 할 수 있다.

장기 '팀' 프로젝트라는 게 문제지만···.

자, 생명과학 팀 명단이다. /조 김○○, ···

우리 조원들은
누구일까??

두근

나는 균 배양
연구를 해 보고
싶은데, 의견이
맞았으면···.

두근

처음부터
생명과학 1픽이라
바로 1지망 넣은 사람

앞으로 이 멤버로 1년 이상 연구를 해야 하는 찐빵.
그렇게 뒷골이 남아나지 않는 R&E가 시작되었다…!

아 모르겠고,
난 화학 아님 안 해.

와~ 신난다~

축하합니다! 칭호 생성! ♪
〈어쩌다 조별 과제 버스 운전자〉

노트북
가져온다??

털썩!

어흐흑

끝난 거지? 그럼 난
일단 가 볼게, 다음에 봐.

이제 슬슬 우리 연구 주제를
정해야 하는데···. 기간이··· 휴···.
정신 똑바로 차리자.

꿀꺽

호랑이에게 물려 가도
정신만 잘 차리면 산댔어.

어떻게든 R&E를 살려 보려는
찐빵이의 눈물겨운 노력이 계속되었지만

지옥의 팀 프로젝트(2)

난 화학 아니면 안 한다고 했···.

흥!

자,

두 가지 선택지를 줄게.
1. 순순히 생명과학 연구를 하고
그 안에 화학을 녹여 낸다.

···2. 이 자리에서 나한테
아작이 난다···.

몰티즈의
기백!!!!

그 뒤로 R&E 집착광공이 되어
모든 팀원을 합류시킨 찐빵이

누구든 작은 찐빵이를 건드리면
ㅈ 되는 거예요.

아주 ㅈ 되는 거야….

실험을 진행하는 과정은 순탄치 않았는데,
거기에는 몇 가지 치명적인 이유가 있었다.

세상은 겁나 넓고
내가 하려는   연구는 이미
누군가가   전부
해버렸어...

흐잉...............

먼저 연구 주제를 정하는 것부터 쉽지 않았다.

그리고 예전에 한 선배가 연구하다가
실수로 포자를 퍼뜨린 적이 있었는데, 문제는…

아니 누가
환풍기 틀었어?

아이고, 포자 다 날아가네!!

※ 세포는 오염에 민감한 개복치들이라 조금만 신경을 안 쓰면 금방 죽는다.

마지막 문제는… 내가
실험에 소질이 없다는 거였다.

너 언제 자라냐···?

(이미 죽음)

실험을 거듭할수록 깨달았다.

설거지 귀찮아…

배지 냄새랑
화학물질 냄새 시러…

나… 균
너무 잘 죽여…

계량 실수가
잦아…

반복 업무
힘들어…

결괏값이 나빠도
실험을 다시 하고
싶지 않아…

보고서는
양만 늘어나고
있는 거 같아…

'연구는 내 적성이 아니구나….'

진로를 선택하기 위해 좋아하는 걸 고르기보단
싫어하는 선택지를 지우는 게 효과적이랬는데….

덕분에 연구란 선택지를 일찍 지울 수 있었다.
(그리고 3년 뒤, 같은 방식으로 코딩도 지우게 된다)

우리는 주제를 '천연물질의 <u>항균 능력 확인</u>'으로 잡고
(충치균을 대상으로)
논문 서치와 연구를 진행하고 있었다.

흠… 충치균 항균 효과를 테스트하는 데 보통
pH meter를 이용한 산도 측정, 배지 흡광도 측정,
glucan 저해능 확인, DPPH Radical 소거능을 확인하잖아?

우리도 그럴 거고
(이걸 읽겠어?)

근데 애네는
이미 검증된
방식들이니까

단순하게 물질의 항균 능력을 측정하고 끝내는 게 아니라,
우리가 새로운 측정법도 같이 제시해 보는 건?

기존 방법들로 항균 능력을
테스트하고, 그걸로 우리가 새로 제시한
측정법의 정확도를 교차검증한다는
의미도 있지 않을···

오… 잔다…

까,

쟤 어제 퇴근함?

새근   새근

정보검색대에서 세 시까지 있었다던데

그렇게 우리 연구는 두 개의 하위 주제를
동시에 진행하는 방향으로 흘러갔다.

기존 방식대로
항균 능력 시험

우리가 새로 고안한 방법인
실험용 치아를 이용한 항균 능력 시험

새로운 측정법을 같이 검증하게 되면서
시간과 노력이 배로 들어가긴 했지만…

고얀 자식.
너한테 연구비가
100만 원 넘게
들어갔어

널 만들려고
논문을 몇 편이나…
교수님께
메일을 얼마나…

**결과적으로는 다소 평범했던 우리 연구를
차별성 있게 만들어 준 일등 공신이 되었다.**

찐빵이의 앙꼬를 보여 줘!

Q.
1년 동안 고통의 팀플이라니! 어떻게 팀원들이 참여하게 만드셨나요?

A.
사실 모두 참여하게 만들진 못했어요. 초반에는 정말 어르고 달랬는데도 안 돼서 너무 힘들었어요. 근데 어느 날 담당 선생님께서 "팀플이 위기니까 네가 어떻게든 해 봐라."라고 하시는 거예요. 속으로는 막막했는데 오히려 기회라고 생각했죠. 보통 한 선생님당 학생 서너 명씩 맡아 자소서를 쓰시거든요. 근데 이 선생님한테는 저밖에 없었어요. 그래서 '이 선생님을 내 편으로 만들어야겠다. 여기서 완벽하게 보여 줘야겠다.'라고 마음먹었던 것 같아요.

그래서 친구들의 니즈를 이용했어요. 화학을 좋아하는 친구에겐 화학 실험 용품 사고 싶은 거 다 사도 된다고 하고, 게임 하는 친구에겐 한 시간 안에 다 쓰고 뒤에 가서 게임 하라는 식으로요.

물론 좋은 점도 있었어요. 다른 조를 이끄는 버스 기사 친구들과 친해지기도 했거든. 그 친구들과 따로 팀플을 진행하기도 했어요. 그리고 나중에 경험한 팀플이 모두 좋게 느껴졌어요. 이때보다 안 좋을 수가 없더라고요. 물론 겪지 않아도 될 건 겪지 않는 게 좋다고 생각해서 다시 겪고 싶진 않지만요.

제1 저자 정하기

메인작가 역할

공부 바깥으로의 여행

입시보다 더 힘들었던 과학고 생활
그 속에서 내가 '이거 때문에 버텼다'라고
할 만한 게 있었으니!

내가 과학고를 포기하지 않고 견딘 이유!
나의 인생관을 바꾼 프로그램!

그것은 바로 내가 입학 전부터
너무너무 기대했던 해외 이공계 탐방!

실리콘밸리 기업들, Stanford, Caltech 등
굴지의 대학과 기업들을 돌아다니며
이공계 진로 체험을 하는 프로그램이다.

탐방을 가기 전 학교에서는
입국심사 통과하는 법, 심사서 쓰는 법,
서부의 지리, 간단한 회화 등을 가르쳤다.

약 2주간 머물기 때문에
짐도 한가득 들고 설레는 마음으로 출발했다.

장시간의 비행이 힘든 줄도 모르고
열두 시간 내내 신났던 우리들

대학에 가서 강의를 듣기도 하고,
미리 메일을 보내 시간을 내주시기로 한
교수님과 이야기를 하기도 했다.

대학 강의 일정이 끝난 뒤에는
실리콘밸리에서의 일정이 시작되었다.

그곳에서 일하고 있는 우리 선배들이
자신은 어떻게 여기서 일을 하게 되었는지,
어떤 공부를 했는지를 이야기해 주기도 했다.

미국까지 왔으니 관광도 빼놓을 순 없기에…
그랜드캐니언과 유니버셜 스튜디오에 들러
기억에 남을 만한 추억들을 만들었다.

사실 여기가 제일 좋았음 ㅎㅎ

신기한 경험들뿐이었다.
세상은 정말 넓구나!
이렇게나 넓은 만큼 많은 것이 있구나.

앞으로 내가 살아갈 세상은
한국뿐이 아닐 수도 있지 않을까?

그곳에서 만난 모든 분은 입을 모아
최대한 많은 것에 도전해 보라고 했다.

무작정 미국에
와서 랩에 사정했어요.
일 좀 시켜 달라고! 너무
무모했죠. 그러나 절대로
후회하진 않아요.

도전하면 무언가 남고, 그것이 무엇이든
그로 인해 인생은 한층 더 넓어질 것이라고….

그런 사고방식을 갖게 된 것만으로도
해외 이공계 탐방은 내 인생에
큰 발자국을 남겼다.

우리는 미국 여행에서 고대하던
유명한 버거 가게와 뷔페를 가기도 했는데,

하나같이 무지막지하게 짰다.

그렇게 아이들은 하루하루 시들어 갔고,
컵라면을 잔뜩 챙겨 온 친구들은
무소불위의 권력을 누렸다.

자 절해 보아라~

납죽

비록 권력에 굴복했지만,
그렇게 맛있는 컵라면은 난생처음 먹어 봤다.

전교생 모두가 인정한 여행 중의 최고 맛집은
코리아타운의 콩나물국밥집!
(이공계 탐방 코스에 꼭 넣는다고 한다.)

한 그릇 더 주세요!!

살 것 같아···!

텅텅

깨끗

고딩들도 어쩔 수 없는
K-입맛이었다.

이 맛이지!!

찐빵이의 앙꼬를 보여 줘!

Q.
해외 이공계 탐방은 학교 프로그램이지만 여행하는 느낌이었을 것 같아요. 어떠셨나요?

A.
네, 여행의 느낌이 더 강했어요. 덕분에 더 넓은 인생관을 갖게 됐죠. '내가 작은 세상에 살고 있었구나.'를 많이 느꼈어요. 나는 과학고에서 아등바등 살고 있었는데 여기는 그럴 필요가 없더라고요. 하고 싶은 걸 한다는 게 너무 잘 보였어요. 웃통 벗고 돌아다니는 사람들도 있고 양 갈래 머리를 한 할머니도 있고. 그야말로 충격 그 자체였죠. 우리나라에선 상상도 못 할 일들이잖아요.

말로만 듣던 걸 눈으로 보니까 다르더라고요. '과학고에서 공부 못하는 애'로 한창 힘들었는데, 여기 와서 깨달았어요. 특히 양 갈래 할머니를 보고요. '규격, 보통, 정상 등의 기준은 그냥 내가 만든 거구나! 사실 그런 건 없을지도 모르겠다!'라는 생각을 많이 했어요. 자신을 드러내고 사는 사람들이 행복해하는 걸 보며 총만 없으면 미국에서 살 만하겠다고 생각했습니다.

물론 이런 경험으로 인해 인생이 드라마틱하게 변하진 않는 것 같아요. 그래도 변하는 데 약간은 영향을 준 듯합니다. 대학 가서 창업도 도전해 보고, 그 경험을 바탕으로 디자인과로 대뜸 전과한 건 이공계 탐방의 영향 덕분이라고 생각해요.

떠나는 자와 남는 자

1학년이 끝날 즈음,
학교에서는 조기 졸업 대상자가 발표된다.

상위 10%.

상위 40%.

너, 조기 졸업/진학 할래?

1학년까지의 성적을 기준으로
조기 졸업을 신청한 학생 중에서 조기 졸업
또는 조기 진학자가 결정된다.
(둘을 통칭해서 조기 졸업이라고 부르겠다.)

신청자들은 준비할 게 엄청나게 많았다.
게다가 대학에 갈 내신 역시 챙겨야 했기에
옆에서 보기에도 정말 힘든 과정임을 알 수 있었다.

과제
(3학년 수행
평가 분량)

조졸
시험 준비

학교
내신 대비

대입
준비

의외인 건 성적만 되면 당연히 조기 졸업을
신청했던 지금까지의 선배들과는 다르게,

애들 가고 나면
내신 쌓기는 더 좋을지도?

난 내신 더 쌓아서
3학년 졸업하려고···.

성적이 되는데도 조기 졸업을 신청하지 않고
3학년 잔류를 결정하는 친구들이 꽤 많았다는 것이다.

내가 1학년일 때 남아 있던 3학년 선배는
100명 중 10명 남짓으로,
90여 명이 조기 졸업을 했다.

윗윗 기수

3학년 잔류자   조기 졸업자

윗 기수

우리 기수

그러나 우리 기수는 약 30여 명만이 조기 졸업을 해
70명에 가까운 인원이 3학년으로 진학했다.

애매한 성적으로 조기 졸업을 하면 오히려 입시 경쟁에서 불리할 수 있습니다.

실제 우리 학교에 왔던 입시 담당자가 했던 말

아마 대학에서 점점 조기 졸업자를 달가워하지 않는 추세가 크게 영향을 끼쳤으리라 생각한다.

조기 졸업자 발표 이후 학교 분위기는 다소 묘해졌다.

눈에 띄는 차이는 없었지만 다들 알고 있었으리라.

조기 졸업을 하는 친구들은
자신들에게 주어진 시험과 과제,
그리고 대학에 가면 뭘 할지를 주로 얘기했고,

너 자소서 준비 다 했어?

하, 애들 졸업하면

과제 땜에 아직···.

우리도 화석되겠네.
고3에 화석이라니···.

남는 친구들은 3학년 내신,
잔류한 선배들의 대학 입학 추이, 그리고
추가적으로 나가는 과학 대회 등을 얘기했다.

그 미묘한 분위기 때문에
나는 간혹 울적한 기분이 들기도 했다.

시험 파이팅!

조졸 #가보자고~

음음ㅎㅎ

어째서 '남겨진' 기분이 드는지….

늘 같이 지내며 공부하던 친구들이

어느 날을 기점으로 사라진다는 건
이상한 경험이었다.

그래도 한 가지 반가운 소식은
'그 아이'도 조기 졸업을 한다는 것이었다.
그때만큼은 '그 아이'가 공부를 잘하는 게 기뻤다.

친한 친구들의
조기 졸업

등급컷이 더더욱 빡세짐
(전교 2등까지가 1등급)

끼아악

슬픈 소식들이 더 많았지만….

3학년 진급이 결정되자 과학고라면 당연히
조기 졸업을 해야 한다는 주변의 시선도 부담되었다.

너 조기 졸업 안 해? 왜?
성적이 그렇게 낮아?

저희 학년의 70%가
3학년 진학하는데요···.

조기 졸업을 위해
학교의 커리큘럼이 미친 듯이 빠른 것도,

이게 맞나?

이 진도를 어떻게
한 학기 만에 나가지···?

윗 기수 3학년 잔류자들의
재수 비율이 점점 높아지는 것도
내 마음을 싱숭생숭하게 만들었다.

그래도 딱 한 가지 좋았던 건

띠링!

조기 졸업을 한 친구들이 졸업 이후
학교에 종종 찾아오는 날이
너무나도 즐거웠다는 거.

오랜만이야!!

야호 올만이야~!

대학 생활은
어때?

과기원은 그냥
좀 더 큰 과학고야...

이럴 수가...
미래 스포당함

좁은 기숙사 방에 모여 앉아
우리가 함께 보낸 2년의 추억을 이야기하는 게
무척 행복했다는 거.

찐빵이의 앙꼬를 보여 줘!

Q.
친구들이 떠난 뒤가 더 궁금해요. 3학년이 됐을 때의 기분은 어떠셨나요?

A.
일단 되게 후련했어요. 조기 졸업생 중에 저를 괴롭혔던 '그 아이'가 있었거든요. '그 아이'가 조기 졸업으로 떠나게 된 거죠! 그래서 너무 좋더라고요. 물론 좋아하는 친구들도 많이 가서 2% 정돈 심란했어요. 그러나 98%는 기뻤습니다. 실제로 저는 3학년 때 오히려 행복하게 지냈어요.

그리고 저한테 1년은 크지 않았어요. '1년 앞서는 게 뭐 크게 의미 있나?' 80년 사는데 1년 앞서가는 게 의미 있다고 생각하진 않거든요. 그래서 친한 친구가 조기 졸업에 실패하고 많이 힘들어할 때 제가 그 친구한테 그랬어요. "네가 얼마나 열심히 준비했고 힘들게 준비했는지 알아서 조심스럽게 말하는 거지만, 나는 1년이 그렇게 중요하지 않다고 생각해. 대학 가서 휴학하는 사람들 많이 봤어. 그 1년? 휴학 안 하고 바로 대학 졸업하면 되는 거야. 솔직히 드라마나 영화에서도 제일 청량하고 멋있게 그려지는 게 고등학교 시절인데, 2년 만에 졸업하는 거는 네 인생에서 추억을 1년 뺏어 가는 거라고 생각해. 나는 네가 놓친 1년이 아쉽지 않고 오히려 즐거웠다고 말하게 해 줄 자신 있어." 나중에 그 친구가 저한테 3학년이 제일 행복했다고 하더라고요.

나의 선생님들

어른들은 지나갔던 시기를 쉽사리 잊고는 한다.
그렇기에 이런 말을 하는 걸까?

다~ 한때야.
나는 그것보다 더
힘들었어! 지나고 보면
아무것도 아냐~

하지만 그때의 우리는 아무것도 아닌 것들에
가장 아파하기 마련이었다.

내가 힘든 학교생활로 인해 휘청일 때 나를
붙들어 준 존재가 있었으니, 바로 선생님들이었다.

비록 우리와 똑같이 느끼진 않으시더라도,
우리를 이해하려고 노력해 주신 멋진 어른들

면접 때 첫인상은 무서웠지만….
사실 우리를 무척이나
아껴 주셨던 담당 선생님은

우리 기수 졸업할 때
10년 차가 되어 전근하신
우리 기수의 아버지

면접 때
그 선생님

우리 학년
부장 선생님
(당시 우리 학교 재직 7년 차)

살짝 츤데레이신 편이었다.

뭐!? 밤늦게까지
연구를 한다고?

나 집 가서
설거지해야
하는데!!
이런!!!!

너희 몸은 괜찮겠어??
어제도 늦게까지 했는데?!

밤을 새우면 시간이 많이 남았다고 착각하기 쉬워.

그리고 몸을 망치기도 쉽지.
어려서부터 밤 새우는 습관을 들이면 안 돼.

내가 최대한 도와줄 테니 빨리 끝내 보자.

오늘 퇴근 좀 늦게 할게

오...
타당하신데?

드디어 각사 ~

언능 ㄱㄱ

**선생님의 조언은 내가 이후에 새벽에 일어나
공부를 시작하는 데 큰 도움이 되었다.**

선생님은 학생들 공지를 맡아서 하셨는데,
모일 때마다 이런저런 이야기를 해 주셨다.

(밴드부실로 쓰는 시청각실)

(우리는 이 시간을 '참교육 타임'이라고 불렀다)

모든 일은 미래와 연결되어 있다.

절문근사 무소의 뿔처럼 앞으로 가라

과학 인재로서
우리의 마음가짐

대학을 합격하려면,
1차를 붙고,
2차를 붙어라

머리만 대면 자던 때 →

다 좋은 말씀이었지만,
잠이 고픈 때라 들으면서 종종 졸곤 했다.

선생님 책상에서 이런저런 말들을 기록한
메모들을 발견한 건

선생님 계세요?? 어라···?

한참 후의 일이었다.

학교에는 이상할 정도로 좋은 선생님들이 많았다.
청소년기의 단순한 방황으로 치부하고
넘어갈 수 있는 나의 우울까지도

선생님, 저는 항상
뒤처지기만 해요.

제가
이 학교에 맞는
사람인 걸까요···.

선생님들은 따스하게 신경 써 주셨다.

**나는 정말
운이 너무 좋은 학생이었다.**

찐빵이의 앙꼬를 보여 줘!

Q.
기억에 남는 선생님들이 더 있을까요?

A.

전반적으로 좋은 선생님들이 많았어요. 물론 어려운 분도 있었죠. 천재 같은 수학 선생님이 있었어요. 나쁜 분은 아닌데 학생들이 이해가 안 간다며 질문하면 진짜 진지한 표정으로, "이게 왜 이해가 안 가는 거야? 어디부터 안 가는 거야? 이거 그냥 이거잖아."라고 말씀하시곤 했어요. 그래도 과학고생들이잖아요? 그래서 "이 멸시와 모멸감을 견딜 수 없다!"라며 졸업할 때 복수를 다짐한 친구들도 있었죠. 이 선생님 덕분에 '아, 오히려 선생님은 능력이 뛰어나기보단 학생들의 고민에 공감해 주고 답해 줄 수 있는 분이 좋겠다.'라는 생각을 했죠.

한편 아이들 한 명 한 명 상담해 주시고 밤늦게까지 남아서 케어해 주시던 선생님이 있었어요. 그 선생님께 힘든 점을 토로하며 일기를 보여 드렸는데, 일주일 뒤에 다 읽으시고 "선생님은 너희들이 이런 고민이 있는지 처음 알았어."라는 말과 함께 우시더라고요. '정말 좋은 어른'이라고 생각되는 분이었어요.

여기서 다 말하진 못했지만, 힘들었던 시절을 버틸 수 있게 한 커다란 한 축이 된 분들이라 더 기억에 남는 것 같아요. 선생님, 감사합니다.

선생님 감사해요

아직도 여전한 진로 고민

과학고에 들어와 많은 시간이 지났음에도
나의 진로는 명확하지 않았다.

물론 지원할 학과는 정해 놨었다.
생명과학 R&E에 생명과학 동아리,
대회에 나가 상을 탄 것도 생명과학 논문

가끔 동아리와 R&E 분야가 맞지 않아
과를 선택할 때 난항을 겪는 다른 친구들보다
자소서 작성도 수월할 터였다.

그러나 어쩐지

너, 이 일을
평생 할 수 있어?

라고 묻는다면…

내가 연구를
계속할 수 있을까?

나는 이 일을
정말
좋아할까?

잘
모르겠어…

자신이 없었다.

수시 접수 기간에 우선 내 성적에 맞춰
입학원서를 넣을 학교들을 정리해 보았다.

종합대는 여기부터 여기까지...
생명과학과나 생명공학과로

과기원은 다 쓰고

친구들 대부분은 수시 열 장을 꽉꽉 채워 냈고,
나 역시도 그러했다.

수시 원서는 여섯 장으로 제한되지만,
과학기술원은 그 여섯 장에 포함되지 않아 추가로 지원할 수 있다.

일반 대학교들

과학기술원들

KAIST UNIST GIST DGIST

내가 지원한 학교 대부분은 문제 풀이 면접이 아닌
인성면접을 보았다. 그 때문에 남은 준비 기간을
공부가 아닌 자소서에 올인하기로 결정했는데,

이는 결론적으로 괜찮은 전략이었다.

더 진정성 있는 자소서를 쓰기 위해
예전 일기를 뒤적이는 일이 잦았다.

이런 생각들을
했었지···.

ㅎㅎ 재밌당
(급 추억 여행)

**그러다 보니 그 흔적들에서 나도 몰랐던
꾸준한 나의 마음을 알 수 있었다.**

흐릿한 생각이 아닌 글자로 고민이 적혀 있었다.
글들이 가리키는 방향은 하나였다.

내 불안은 불확실한 대학 입시에서 기인한 것,
그리고 내 적성을 찾지 못했다는
막연함에서부터 온 것

딱 맞는 적성을 찾지 못하면
행복하지 못할 거라는,

어디서 온 것인지도 모를
흐릿한 초조함.
해결하지 못하고 미뤄 둔 내 오랜 숙제

언제까지 고민만 할 수는 없어서,
이 걱정들을 쪼개어
바라보리라 다짐했다.

일단 두 장의 원서를 내가 가고 싶은 과에 넣었다.
그리고 만약 생명과학과에 붙으면 휴학을 해서
내 길이 맞는지를 결정하고,

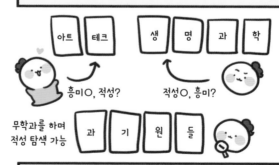

아트 테크

생 명 과 학

흥미O, 적성?

적성O, 흥미?

무학과를 하며
적성 탐색 가능

과 기 원 들

과기원에 붙으면 무학과로 다니는 1년 동안
나의 진로를 찾아보기로 했다.
현실적인 상황과 고민을 고려한 결론이었다.

무엇보다 붙는 곳이 무조건 1순위였기 때문에,
합격 가능성을 최대로 높이는 것이 최우선이었다.

무턱대고 이런저런 학과에 지원할 수 없었다.
지금까지 나의 활동은 분명 생명과학에 집중되어 있고,
나의 차별점은 생명과학에 특화되었다는 것일 테니까…

고민들을 글로 적어 파일로 정리했다.
경우의 수들을 모두 나눠
그에 대한 내 나름의 해결책을 써 놓았다.

막연한 고민들은 마냥 커 보였지만,
정리하고 쪼개 놓으니 해결할 수 있을 것 같았다.

이것 외의 상황은 없다.
그렇게 생각하니 이제 남은 것은
고민이 아닌 직면뿐이었다.

익숙한, 그렇지만 힘든 날들이었다.

가치 있는 사람임을 증명하는 것

무언가를 통과해야 한다는 것

끝없이 계속되는 준비와 점검

그리고, 그래서, 그럼에도 나는….

아무튼 생존 중입니다

결과적으로 저는 열 개의 대학 중 다섯 곳에서 최종적으로 합격을 했습니다. 내심 가장 원했던 미술 관련 학과는 예비 1번을 남겨 두고 탈락했지만, 제가 할 수 있는 모든 노력을 다했기 때문에 후회도 미련도 없었습니다. 저는 더 많은 고민을 시작하기 위해 다양한 선택지가 있는 과학기술원(과기원)에 진학했습니다.

저는 정말 멋진 대학교 1학년을 보냈습니다. 과기원은 1년간 학과를 정하지 않고 공부할 수 있는 무학과 제도가 있습니다. 덕분에 전공 공부가 아닌 내가 하고 싶은 공부를 할 수 있었어요. 과기원 1학년은 과학고 4학년이라고 할 만큼 수강해야 하는 강의가 많았지만, 과학고의 살인적인 일정에 단련된 저에게는 별문제가 되지 않았죠.

공부뿐만 아니라 동아리 활동을 통해 다양한 도전도 했습니다. 보통은 한두 개 정도 지원하는 동아리를 여섯 개나 가입해 시간을 분 단위로 썼어요.

물에 빠져서 죽을 뻔한 이후 절대로 할 수 없을 거라 생각한 수영을 배워 아마추어 수영 대회까지 나갔습니다. 교양 수업으로 배운 첼로에 흥미를 느껴 처음으로 돈을 모아 첼로를 사서 오케스트라 활동도 했죠.

제 특기를 살려 교내 스타트업에 들어가 앱의 UI 디자이너로서 일하기도 했습니다. 아쉽게도 코로나바이러스 감염증 때문에 교내의 모든 스타트업 활동이 중지되어 서비스 출시는 무산되었지만요. 그래도 이 덕분에 머릿속에서 구상만 했던 아이디어들을 실제로 구현할 수 있는 컴퓨터공학의 매력에 반했습니다.

그래서 고등학교 3년간 매달렸던 생명과학을 뒤로하고 컴퓨터공학과에 진학했습니다(실제로 과기원에서는 절반이 넘는 학생이 고등학교 때 전공과는 다른 전공을 선택합니다). 비록 적성에 맞지 않아 매일 밤 머리를 감싸 쥐며 코딩을 하다가 다시 전과했지만요. 그래도 전과가 자유롭다는 장점 덕분에 진로 탐색에 부담을 갖지 않았어요.

새로운 것을 해 보고, 실패하는 건 두렵지 않았어요. 아빠의 조언도 있었지만, 과학고에서의 경험도 실패에 대한 두려움을 없애는 데 도움이 되었죠. 제가 생각했을 때 과학고에서의 경험 중 가장 유용했던 건 다른 친구들보다 더 많이 겪은 실패였습니다. 그 덕에 저는 저에게 어울리지 않는 길을 알게 됐어요. 실패로부터 얻은 것에 집중하니, 도전을 머뭇거리지도 않게 됐죠.

실제로 과학고에서 R&E 연구 활동을 하면서는 제가 실험과 반복 연구에 소질이 없다는 것을 깨달았어요. 대학생 때는 프로그래밍을 하면서 코딩을 할 때 제가 얼마나 괴로워하는지 알게 되었습니다. (거의 탈모에 걸릴 뻔했어요. 기초과목인데!)

그렇게 수많은 진로의 갈래 중에서 도전해 본 선택지들을 제외하고 남은 갈래를 고를 수 있었습니다. 전공을 선택할 때도 새로운 실패에 대한 두려움보다는, '마음껏 부딪히

고 소모할 수 있다는 점에서 청춘은 좋은 게 아닐까?' 하고
전과 버튼을 눌렀습니다.

고민을 위해 시간을 마음껏 낭비하는 것은 과학고 시절
목표를 잃고 흔들리던 때부터 꿈꿔 왔던 일이었습니다. 그
래서인지 모든 실패를 일기에 적으면서도 그 흔적들에 마
냥 행복했습니다. 맞지 않는 선택지를 지워 나갈수록 그려
볼 미래는 명확해졌으니까요. 그런 점에서 실패는 성공의
어머니는 아니더라도, 자매쯤은 되는 것 같아요.

앞으로 저는 또 어떤 고민을 하게 될까요? '이젠 좀 어른
이 되었다!'라고 생각하면 어느샌가 다시 원점으로 돌아오
고 마는 시점을 몇 번이나 더 지나게 될까요? 과학고 졸업
은 끝도 시작도 아닌, 중간 과정처럼 계속해서 이어질 뿐이
었습니다.

과거의 제가 계속 괴로워했던 이유는 저의 모든 노력이
대학 입시라는 단 하나의 목적을 달성하기 위한 수단에 불
과하다고 생각했기 때문이에요. 지금 공부를 하는 것도, 잠
을 줄여 가며 문제를 푸는 것도 지금의 나를 위한 일이 아

닌 미래의 나를 위한 일이며, 좋은 대학에 진학하기 위한 준비 단계에 지나지 않다고 생각했습니다. 그래서 결과가 좋지 못하다면 그동안의 모든 노력이 부정당할 거라고 생각했어요.

고등학교를 졸업하며 그 믿음은 보기 좋게 깨졌습니다. 고등학교는 단지 과정일 뿐이었고, 내 모든 노력의 종착지라고 생각했던 대학 역시 그저 살아가며 거치는 징검다리에 불과했습니다. 산산조각이 난 과거의 오해를 보며 더없이 자유로운 기분이 들었습니다. 이제는 미래의 나뿐만 아니라 지금 이 순간의 나도 챙겨야겠다고 다짐하게 되었어요.

저는 지금 디자인을 전공하고 있습니다. 중학교 때 가장 들어가고 싶었던 학과였지만, 아이러니하게도 가장 먼저 포기했던 꿈이었습니다. 지금은 연구실에서 밤을 새우는 것도 즐겁고, 공모전에 참가하기 위해 피그먼트(버튼 같은 디자인 요소) 하나를 붙잡고 팀원들과 씨름하는 것도 즐거워요.

이리저리 돌아 지금은 왜 이 길을 택했는지, 나중에도 이

일을 하고 있을지, 이후의 일은 사실 저도 잘 몰라요. 하지만 이번만큼은 후회가 남지 않을 길을 택했고, 그렇기에 훗날 오늘을 회상했을 때 남는 미련은 없을 거예요. "그때는 그게 최선이었지. 다시 돌아가도 꼭 그렇게 했을 거야!"라고 기억될 과거라니! 제가 상상할 수 있는 가장 행복한 미래일 거예요.

보너스 툰

아니야 더 써

첫 만남

창작의 고통

마감이란…

에필로그

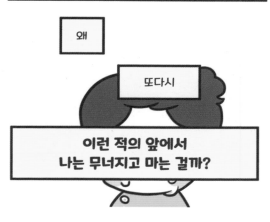

그리고 수많은 선의를 받았음에도

왜

또다시

이런 적의 앞에서
나는 무너지고 마는 걸까?

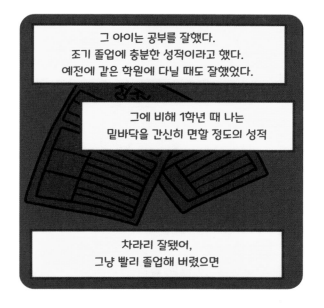

그 아이는 공부를 잘했다.
조기 졸업에 충분한 성적이라고 했다.
예전에 같은 학원에 다닐 때도 잘했었다.

그에 비해 1학년 때 나는
밑바닥을 간신히 면할 정도의 성적

차라리 잘됐어,
그냥 빨리 졸업해 버렸으면

나는 그 눈빛을 이미 알고 있다.
학원에서 이미 익히 보던 눈빛

뒤에서 내 얘기를 하는 그 목소리,
그 얼굴, 그 표정. 모르는 게 바보 아닐까.

모든 게 다 나 때문이라고 생각했다.
공부를 못하고, 수업 시간에 졸고,

진도도 제대로 못 따라가면서
수업 시간에 바보 같은 질문을 하니까….

게다가 설상가상으로 살도 점점 찌고,
얼굴에 여드름도 나기 시작했다.

그때의 나는 그 아이를 싫어하는 것보다
나 자신을 더 싫어했던 것 같다.

나를 바꿔야 했다.
내가 나를 더 싫어하기 전에
이 상태를 바꿔야만 했다.

잠을 더 줄였다.
카페인 알약을 사 먹었다.

피부과를 다니기 시작했다.
여드름 압출은 아팠지만,
참을 만했다.

밥의 양을 줄였다.
이전의 절반도 먹지 않았다.

필사적으로 노력하면 그 아이의 무시도,
지금의 내 상황도 바꿀 수 있을 것만 같았다.

근데 그 노력이 좀 지나쳤던 것 같다.

고등학교 1학년 때 나는,

음식을 먹거나 스트레스를 받으면
반사적으로 구토하는 식이장애에 걸렸다.

언젠가 매우 지친 표정으로 퇴근한 엄마가
금방이라도 무너질 것 같은 목소리로 말해 주었다.

"세상에는 지독하게 못된 사람들이 정말 많아.
그리고 너도 세상을 살다 보면
반드시 그런 사람들을 만나게 될 거야."

그런 사람들에게 무시당하지
않으려면 능력을 갖춰야 해.
그 사람들이 너를 무시하게 두지 마.

그러다가 너무 힘들면
꼭 알려 줘야 해.

어떤 일이 있든,
엄마 아빠는
항상 네 편이니까···.

엄마가 진짜 알려 주고 싶었던 건
그 뒤의 말이었을 텐데,

"우시당하지   않으려면
능력을   갖춰야해"

어째서인지 그때 내 뇌리에는 능력을 갖춰야
무시당하지 않을 거라는 말만 남았다.

그래서 나는 노력했다.
…
새벽 4시에 일어나 공부했다.
주변 친구들과 나를 항상 비교했다.
내가 제일 노력했던 과목인
생명과학에서 전교 순위권에 들었다.
카페인을 너무 많이 먹어 공부하다가
가만히 있으면 머리가 윙 하고 울렸다.
간식 창고에 있던 간식들은
나눠 주거나 모두 버렸다.
사실 모두가 나를 무시하는 게 아닐까?
동아리 부기장을 맡았다.
식이장애로 구토가 잦았다.
물만 먹어도 토하는 날도 있었다.
고백을 받았다.
역류성 식도염에 걸렸다.
휴대전화를 2G폰으로 바꿨다.
화장을 배우기 시작했다.
7kg이 빠졌다.
졸릴 때 팔을 깨무는 습관이 생겨서
항상 팔에는 파란 멍 자국이 있었다.
어쩌면 그건 스스로가 싫어서 나를

그러던 어느 날

몇 번의 계절이 바뀌고
어느 평범한 날에

그 아이에게서 문자가 왔다.

아, 그 문자가 차라리 오지 않았더라면…
그러면 나는 더 빨리 나을 수 있었을 텐데.

구구절절하게도 써 놨지만,
정리하자면 이런 내용이었다.

너랑 같은 학원에 다녔을 때
너는 온 지 얼마 되지도 않은 데다 낮은 반이었고,
나는 높은 반이었지 않냐.
같이 영재학교 준비한 애들은 다 붙었고 나만 떨어져
과학고에 온 게 짜증 나고 싫었는데,
네가 그 '사실의 상징'이었다.
너를 볼 때마다 내가 여기 있다는 게
실감 나서 네가 거슬렸다.

너 같은 애랑 같은 학교에 왔다는 게
너무 싫어서 말을 막 했다.
너를 포함해서 다른 애들한테 그런 것도
이상한 애들이랑 말하고 싶지 않아서 그랬다.
이번에 반 편성도 새로 되고,
새해에는 좀 달라지려고 노력 중이다.
앞으로는 달라지겠다.
진심으로 미안하다.

라고…

이게 사과하는 거야? 그게 내 잘못이야?
그동안의 모든 게 다 그냥 이 이유였다고?
같은 학교에 온 거? 낮은 반 주제에?
그럼 그냥 살지 왜 이제 와서 사과를 해?

그래서 뭐? 용서해 달라고? 왜? 어떻게?
그럼 나는 왜 그렇게 힘든 거였는데?

나는 숨을 한 차례 고르고 나서
그 아이에게 답장했다.

그딴 하잘것없는 이유로 그런 짓을 해 놓고
스스로가 부끄럽지도 않아?
용서는 안 할 거야. 바라진 않았겠지?

너한테 더 사과를 받아 내고 싶지도 않아.
더 이상 그냥 미안하다고 하지도 마.
그냥… 서로 없는 사람인 것처럼 지내.

난 그 기억을
그냥 잊고 싶으니까.
앞으로 영원히.

제발.

그동안 난 뭘 위해서 노력한 걸까?
얘한테 나는 그냥 열 받으면 풀 수 있는
만만한 사람이었구나···.
내가 얕보였기 때문에··· 그냥···.

아, 내가 변했기 때문에 사과라도
받은 거구나. 예전의 나였다면··· 만약 내가
다시 그 모습으로 돌아간다면···.

261

저딴 수준으로 우리 학교 들어왔다는 게
진짜 으ー메이징 하지 않냐? 개빡친다

학원에 있을 때
네가 내 맞은편에 있었잖아
그래서 널 볼 때마다
내가 떨어진 게 생각났어

너 걔랑 싸웠어?
걔 너한테 왜 저렇게 말한대?

미안, 사과할게.
앞으로는 달라질 거야!

오늘도 처음네 쟤는 강 답이 없는 듯

너는 내 불합격의 상징 같은 거였어

진짜 왜 사냐ㅋㅋㅋ 개짜증 나
저런 애랑 같은 학교에 다니는 게
걍 누치스러움 20

아 진짜 학교 X같다
ㅋㅋㅋㅋㅋㅋㅋㅋㅋ
영떨이들 모아 놨죠?

네가 다시 예전 모습으로
돌아간다면 어떡할 건데?

언제든 너는 다시 돌아갈 수 있어.
언제든지 무시당할 수 있어.

걔가 사과한 거 못 봤어?
네가 달라졌으니까
사과한 거잖아.

모두 널 무시할 준비가 되어 있다고.

한동안 마음이 무척 공허했다.
방향을 잃은 마음을 달래기 위해서
쉬는 시간에 닥치는 대로 책을 읽었다.

답을 찾으려는 듯이. 어째서 그런 악의를
나만 마주친 걸까 고민하면서….

그러다가 책 속의 한 글귀와 마주쳤다.

그때 문득 막다른 골목까지 쫓긴 도망자가
획 돌아서는 것처럼 찰나적으로 사고의 전환이 왔다.
나만 보았다는 데 무슨 뜻이 있을 것 같았다.
우리만 여기 남기까지
얼마나 많은 고약한 우연이 엎치고 덮쳤던가.
그래, 나 홀로 보았다면
반드시 그걸 증언할 책무가 있을 것이다.

그거야말로 고약한 우연에 대한 정당한 복수다.

(…) 그건 앞으로 언젠가
글을 쓸 것 같은 예감이었다.

그 예감이 공포를 몰아냈다.

- 박완서, 『그 많던 싱아는 누가 다 먹었을까』

…!

문장이 매듭지어진 그 순간,
나는 내가 해야 할 일을 알아차렸다.

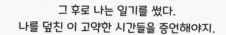
그 후로 나는 일기를 썼다.
나를 덮친 이 고약한 시간들을 증언해야지.

이 시간들이 그저
의미 없이 사라지게 내버려 둘 수는 없다.
날아가 버리지 않도록 글로 묶어 놔야 한다.

언젠간 나는 분명히
괜찮아질 거야.

그때가 되면 이 기억도 흐려지겠지만,
'많이 힘들었었지~'라고 그저 웃고
넘어가진 않을래. 그러기엔 나는 너무 힘들었어.

이제 나는 나를 미워하는 대신
너를 미워해야지.

그리고 그 미움마저 바래면,
이 이야기를 세상 밖으로 내보내야지.

너의 모습을 한 고약한 적의에 부딪힌
모든 사람들에게 말해 주어야지.

네 잘못이 아니라고, 점점 괜찮아질 거라고.
나는 잘 생존해서 이 일지를 쓰고 있다고.

그러기 위해선 난 더욱더
괜찮아지고 멋있어져야겠다.
열등감을 연료로 태우는 것은 그만두자.

나를 그만 미워하자.
이만하면 됐다.

이만하면 됐다.